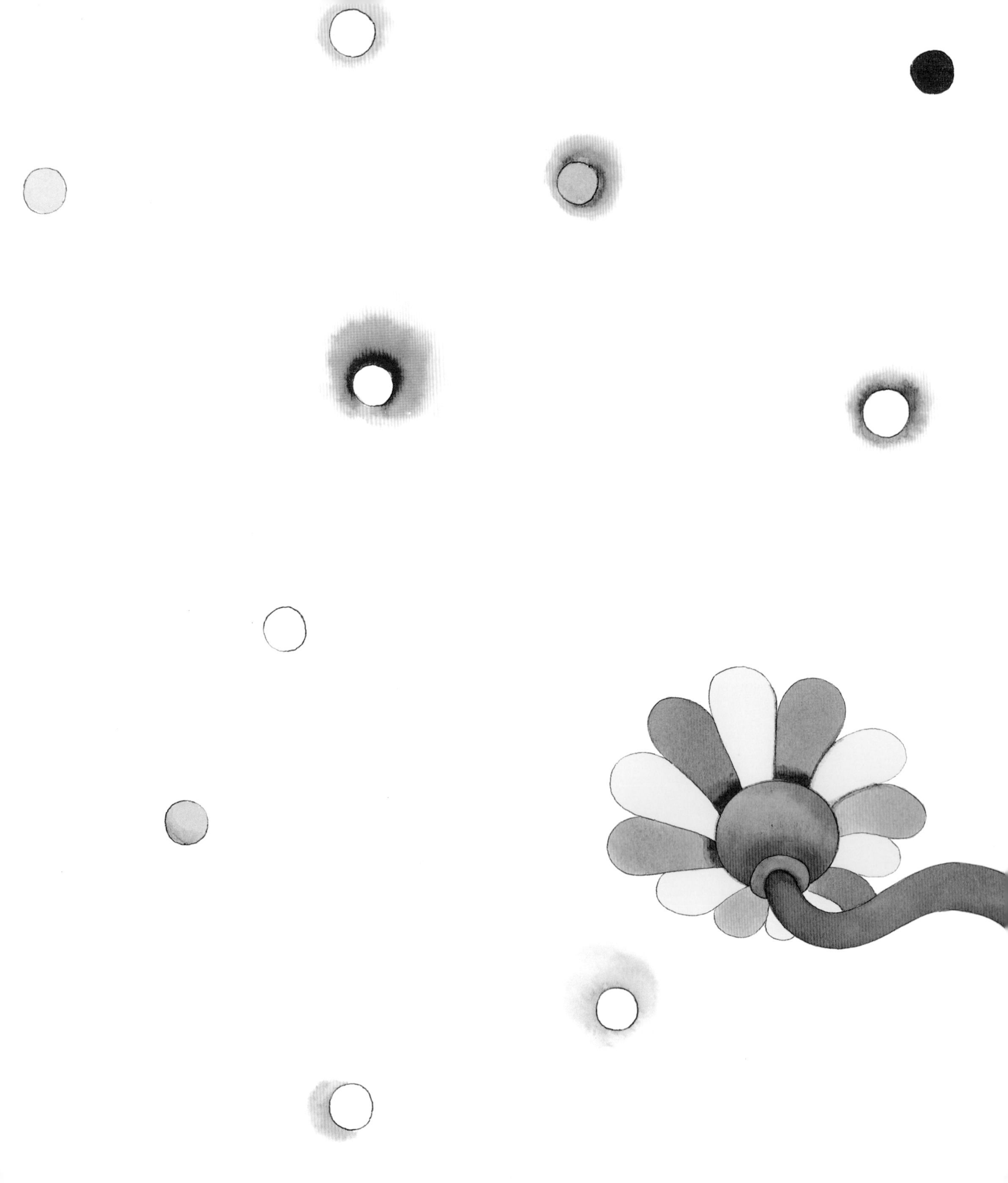

我是西瓜爸爸

國家圖書館出版品預行編目資料

我是西瓜爸爸／蕭蕭著；施政廷繪.－－初版三刷.
－－臺北市：三民，2004
面；　公分－－(兒童文學叢書. 小詩人系列)

ISBN 957-14-3297-0　(精裝)

859.8　　89012059

網路書店位址　http://www.sanmin.com.tw

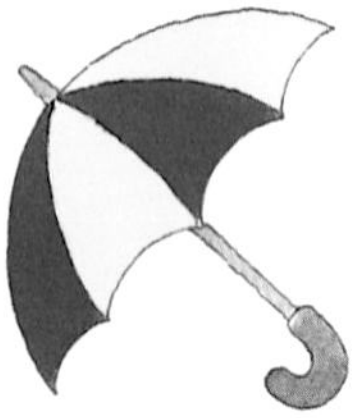

著作人　蕭　蕭
繪圖者　施政廷
發行人　劉振強
著作財產權人　三民書局股份有限公司
臺北市復興北路386號
發行所　三民書局股份有限公司
地址／臺北市復興北路386號
電話／(02)25006600
郵撥／0009998-5
印刷所　三民書局股份有限公司
門市部　復北店／臺北市復興北路386號
重南店／臺北市重慶南路一段61號
初版一刷　2000年9月
初版三刷　2004年7月
編　號　S 854691
定　價　新臺幣貳佰捌拾元整
行政院新聞局登記證局版臺業字第〇二〇〇號

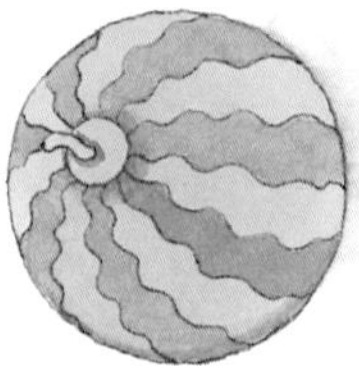
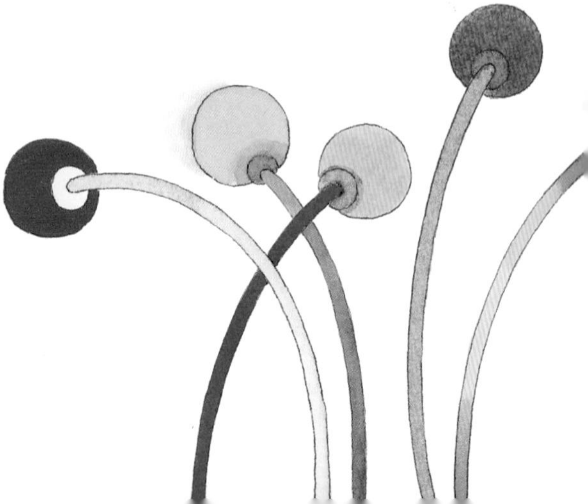

ISBN　957-14-3297-0　(精裝)

兒童文學叢書

・小詩人系列・

我是西瓜爸爸

蕭　蕭／著・施政廷／繪

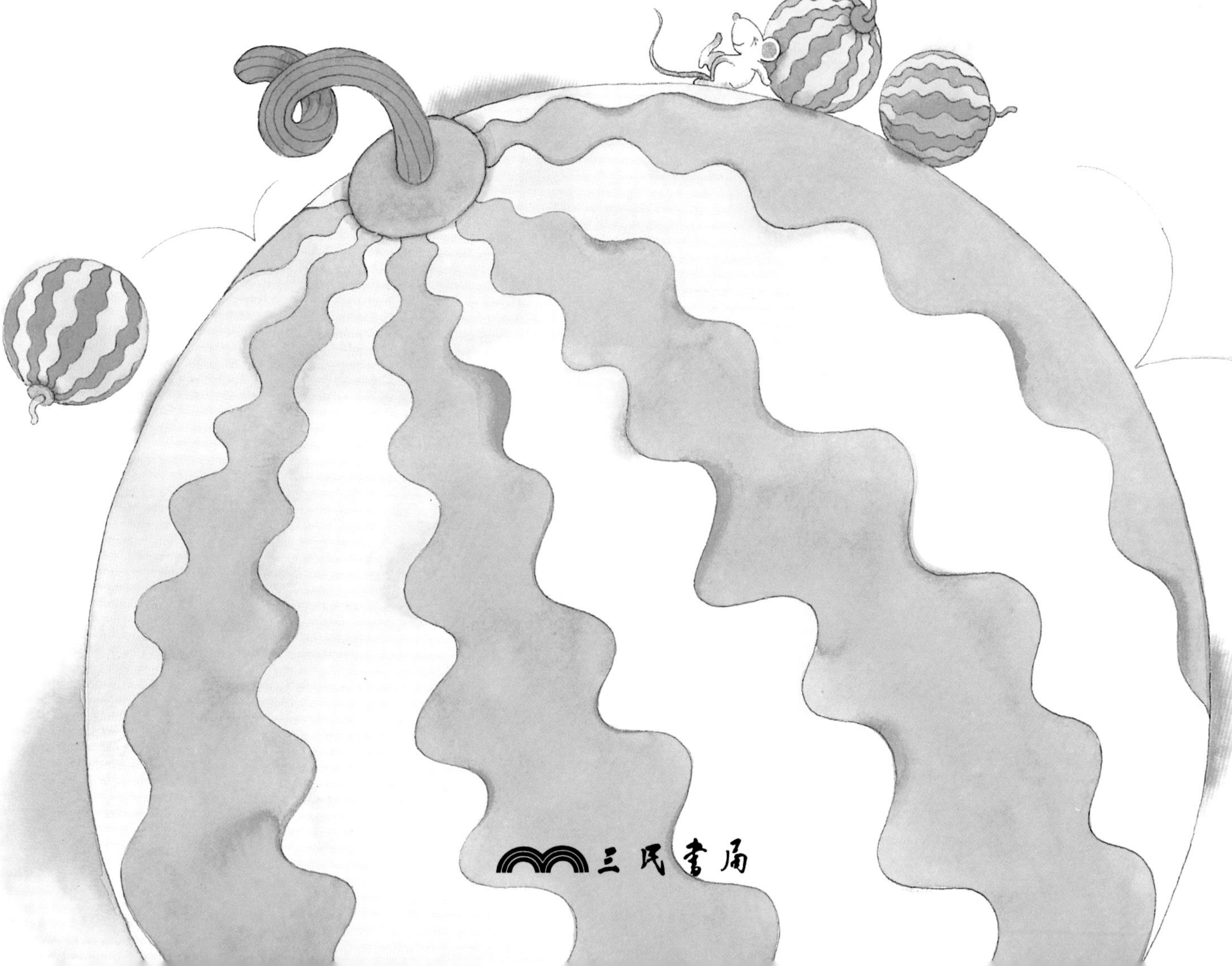

三民書局

詩心・童心

——出版的話

可曾想過，平日孩子最常說的話是什麼？

「媽！我今天中午要吃麥當勞哦！」「可不可以幫我買電視上廣告的那種電動玩具！」「我好想要百貨公司裡的那個洋娃娃！」

乍聽之下，好像孩子天生就是來討債的。然而，仔細想想，這些話的背後，絕不只是貪吃、好玩而已；其實每一個要求，都蘊藏著孩子心中追求的夢想——嚮往像童話故事中的公主般美麗、令人喜愛；嚮往像金剛戰神般的勇猛、無敵。

為了滿足孩子的願望，身為父母的只好竭盡所能的購買，但孩子們總是喜新厭舊，剛買的玩具，馬上又堆在架子上蒙塵了。為什麼呢？因為物質的給予終究有限，只有激發孩子源源不絕的創造力，才能使他們受用無窮。「給他一條魚，不如給他一根釣桿」，愛他，不是給他什麼，而是教他如何自己尋求！

事實上，在每個小腦袋裡，都潛藏著無垠的想像力與無窮的爆發力。大人常會被孩子們千奇百怪的問題問得啞口無言；也常會因孩子們出奇不意的想法而啞然失笑；但這種不規則的邏輯卻是他們認識這個世界的最好方式。而詩歌中活潑的語言、奔放的想像空間，應是最能貼近他們跳躍的思考頻率了！

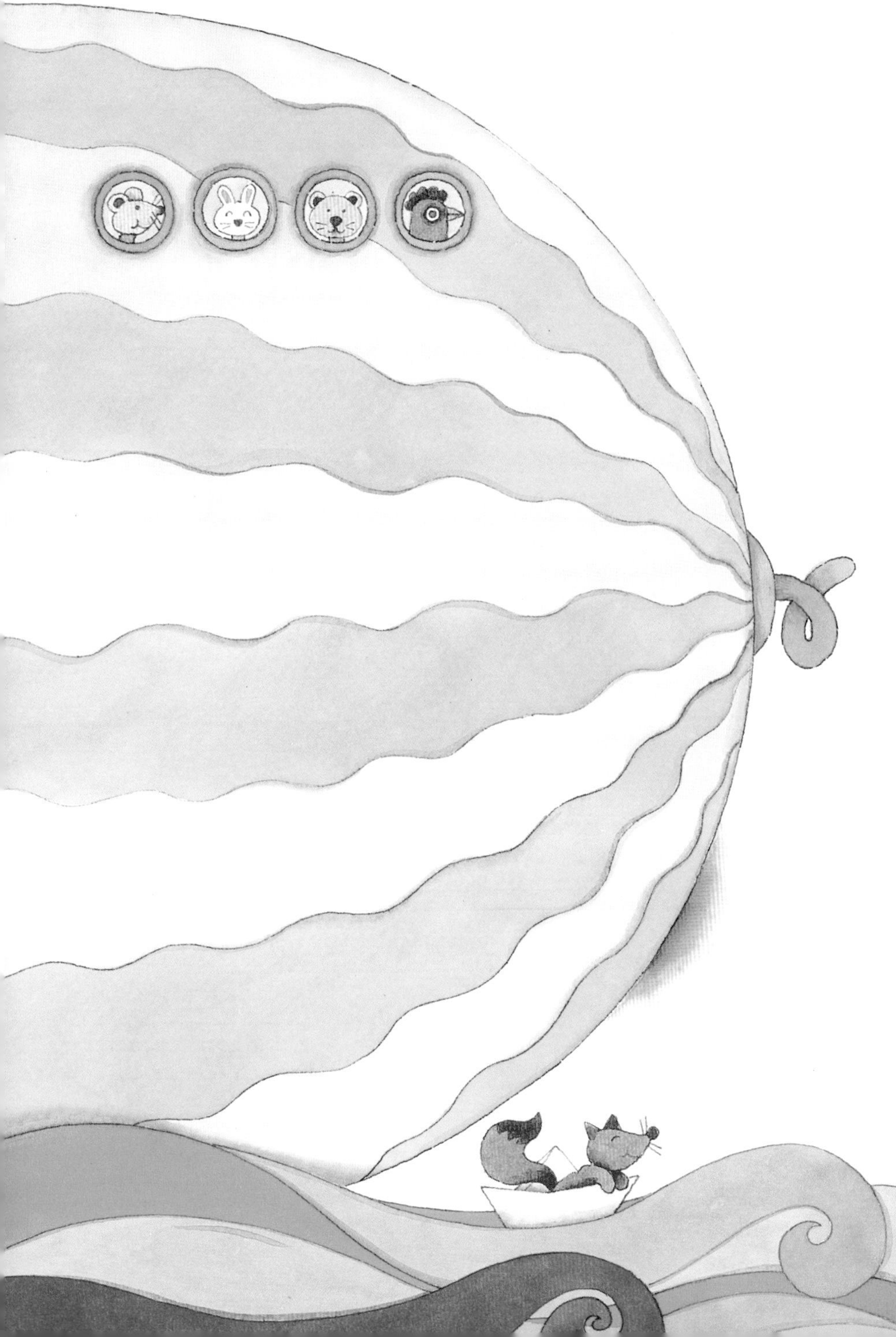

於是，我們出版了這套童詩，邀請國內外名詩人、畫家將孩子們天馬行空的想像，熔鑄成篇篇詩句；將孩子們的瑰麗夢想，彩繪成繽紛圖畫。詩中，沒有深奧的道理，只有再平常不過的周遭事物；沒有諄諄的說教，只有充滿驚喜的體驗。因為我們相信，能體會生活，方能創造生活，而詩的語言，也該是生活的語言。

每個孩子都是天生的詩人，每顆詩心也都孕育著無數的童心。就讓這些詩句在孩子的心中埋下想像的種子，伴隨著他們的夢想一同成長吧！

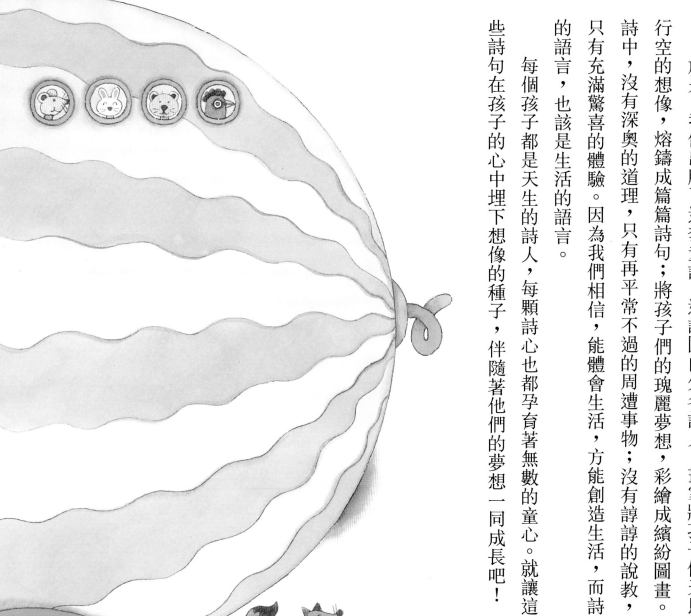

認「真」，而後任真

天真

文學所追求的，也不過是一個「真」字罷了。

最初最初的本真——小孩子的「天真」——最純最純的本真。出自於天真，隨意一抹，即是美，即是善，即是文學。

詩，一言以蔽之，曰：思無邪。聖人這樣說。我們也就這樣相信了。

能不相信嗎？

想一想，我們如何能抗拒小孩子無邪的笑？如何抗拒天邊的一道彩虹？花園裡一朵玫瑰的綻放？

想一想，天的空，雲的白，風的聲音，雨的微涼，晨曦晚霞的光色，雷電霜雪的震撼，哪一樣不是天然之真？哪一樣不是文學裡的素材？

率 真

只是，人終究會長大，終究會遠離素樸之真，不再那樣無邪的笑、無邪的想、無邪的生存。

他懂得算計，懂得設計，懂得記恨、寄愁，他終於懂得什麼是不愉快，懂得什麼是人生。

然而，天空仍然飄著雲，雲仍然隨著風，風仍然帶著雨，晨曦晚霞仍然五光十色，雷電霜雪仍然震撼著天空，天空仍然飄著雲。

大地自然沒有什麼改變，人心面貌卻已完全不一樣。這時，難道沒有偶爾一現的率真，偶爾的靈光一現？率真一現，就是文學呀！

率真，不計利害、榮辱、得失、成敗，文學的真就是這樣直率的真。

逼真

文學，去偽存真，逼近生活的真、人性的真。

文學雖然不能完全再現生活的真、百分之百再現人性的真，至少，她要逼近那樣的真實，那樣本然的真。

逼真的文學可以有虛構的成分、想像的空間，因為她要的不是事件的真，而是感情的真、感覺的真。

感覺真，所以栩栩如生。

感情真，所以至誠動人。

逼真不如率真，率真不如天真。作為一個文學工作者，永遠要保持一顆赤子之心，回歸純真，貼近童真，認其「真」，也任其真，一生之中，總要寫幾首具有童心童趣的童詩，才是真詩人。

蕭蕭

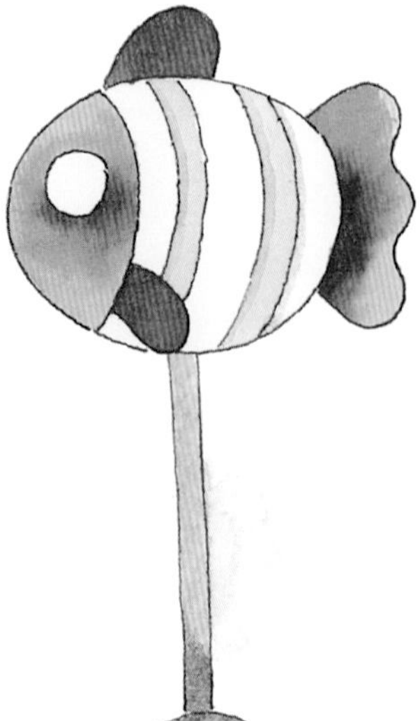

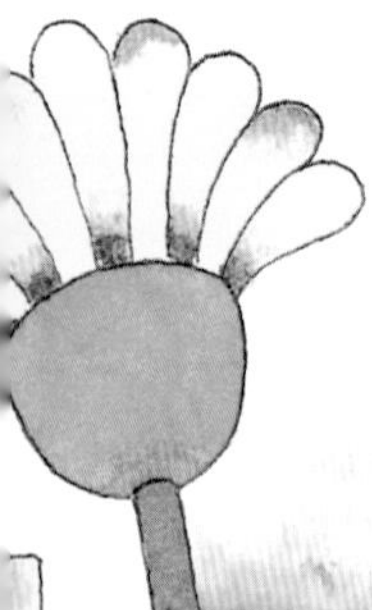

目次

我是西瓜爸爸

我一口咬下一大片西瓜
讓紅色的西瓜汁
在喉嚨裡面、外面
興奮的流

我一口咬下一大片西瓜
讓紅色的西瓜汁
帶著綠色的清涼
全身亂跑

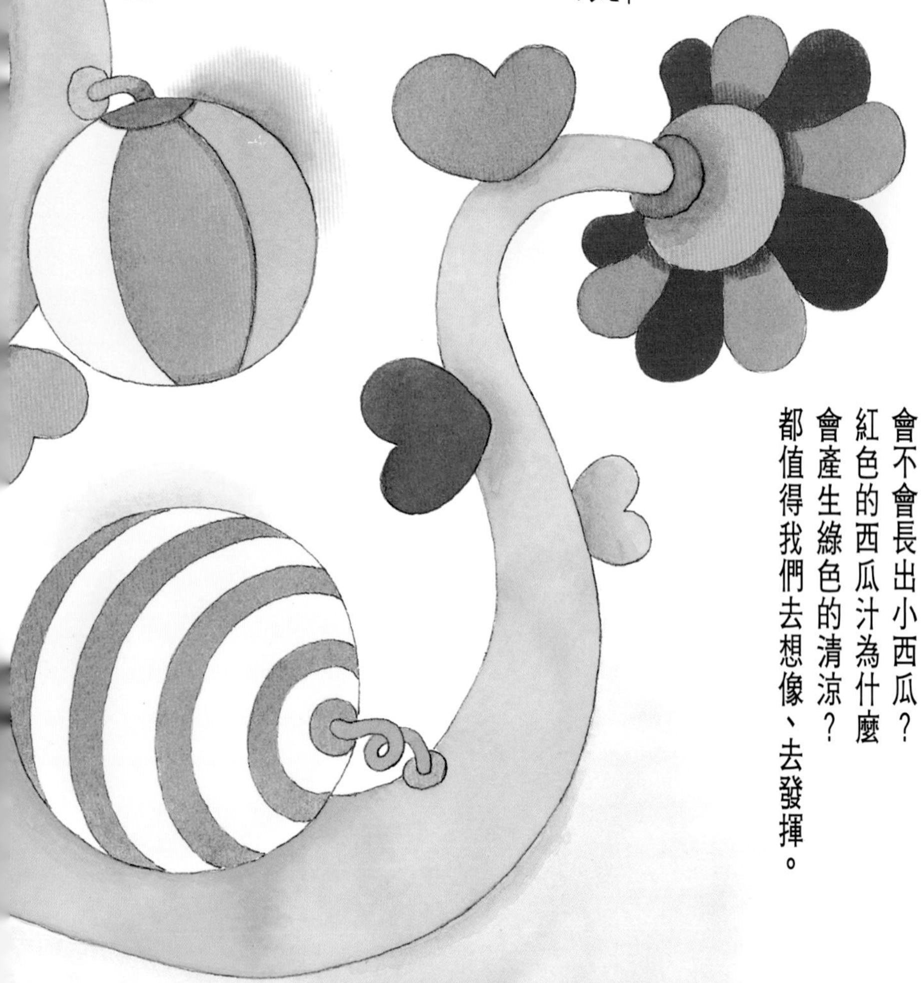

詩是一種想像的產物，
因此，生活中的小細節
都可以發揮我們的想像力
去拓展思考的領域，
譬如說，吃下西瓜子，
會不會長出小西瓜？
紅色的西瓜汁為什麼
會產生綠色的清涼？
都值得我們去想像、去發揮。

我一口咬下一大片西瓜
連黑色的西瓜子
也吞下肚子裡
睡了一覺
我的肚子會不會長出
一顆又一顆小西瓜？

貝殼小弟弟

貝殼小弟弟
為什麼海那麼大
你卻這麼小？

小貝殼弟弟
為什麼海那麼柔軟
你卻這麼硬？

貝殼小弟弟
為什麼船那麼大浮在海上
你這麼小卻沉在海裡？

小貝殼弟弟
為什麼船那麼多
你卻還不回家？

詩，講究對比，
從對比中產生詩的想像力，
海那麼大，貝殼卻這麼小，
巨大的對比中
產生了詩的想像空間。
柔與硬，來與去，
都能使人從對比中探尋詩意。

蟑螂與拖鞋

爸爸和哥哥
喜歡做聯想遊戲
爸爸說：咖啡
哥哥說：奶精
爸爸說：蟑螂
哥哥說：拖鞋

是不是
咖啡的咖啡色
需要一點奶精的白
才漂亮？
是不是
蟑螂總是忘記穿拖鞋？

聯想是詩作寫成的第一要件，
有人說：「石頭」，
你會聯想到什麼？
當你看到「饅頭」，
你會聯想到什麼？
聯想是一種有趣的遊戲，
多做這種遊戲，
使不相干的事物產生新的繫聯，
詩就出現了！

小白的阿媽

爸爸說：
阿媽是爸爸的媽媽
外婆是媽媽的媽媽

哥哥說：
我們家的小白是純種的狗
有很好的血統

我問媽媽：
阿媽住社頭
小白的阿媽在哪裡？

我問爸爸
外婆住斗六
小白的外婆在哪裡？

詩可以使萬事萬物「有情化」，
人有父母，有祖先，有兒女，有子孫，
動物有嗎？
動物有他的阿公、阿媽嗎？
植物有嗎？
植物有他的子子孫孫嗎？
我們如何去疼愛他們的家人？

爸爸的眼鏡

爸爸的眼鏡
是一個萬花筒
我只偷看了一下下
就被那些旋來旋去的
光和影
轉昏了頭

我知道了！
爸爸就是戴了眼鏡
才忘記
帶我和妹妹去公園
散步，打球

小孩子對大人的世界充滿了好奇，
即使只是一付小小的眼鏡，
也要拿來戴一戴、看一看，
卻看到了一個完全不一樣的世界。
這樣的好奇心，
開啟了孩童的詩心。

一炷香

一炷香
飄飄緲緲
像雲一樣

一炷香
細細裊裊
伸向神的方向

一炷香
悠悠蕩蕩
轉個身又換了一個樣

一炷香
綿綿長長
祖先的祝福
彷彿從那兒下降

詩，有相似的音韻，有相似的句型，
這樣，可以方便吟唱，朗誦。
詩，有時候朗誦起來
有一種愉悅的感覺，
有這種愉悅的感覺，
也就可以說是好詩了！

學游泳

我和妹妹去學游泳
撥水
踢水
一樣也沒學會
喝了好多水
蛙式
狗爬式
一式也沒學成
還是喝了很多水

我說：
像魚一樣，多好！
妹妹說：
魚也學不會仰式啊！

詩可以從生活中取材，
很普通的生活經驗
也能點染成一首好詩。
游泳是一種很普通的日常行為，
但與「魚」相聯結，
就可以翻身為一首詩。
魚會仰泳嗎？
這其中又有一種幽默的心！

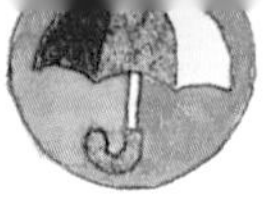

第一滴雨滴

第一滴雨下來
第二滴雨剛要追下來
媽媽已經把雨衣
送去給弟弟

第一滴雨下來
第二滴雨快要追下來
快快，誰能把雨衣
快快送給第一滴雨滴？

從自己的生活中體驗父母兄弟的愛，
也要能從自己的體驗中擴充到對萬物的愛，
我們怕弟弟被淋溼，
是不是也要擔心「雨」
是不是也會被別的「雨」淋溼？

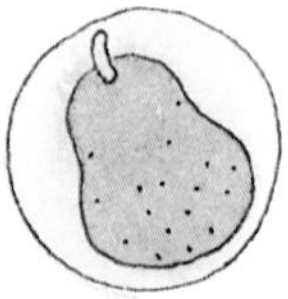
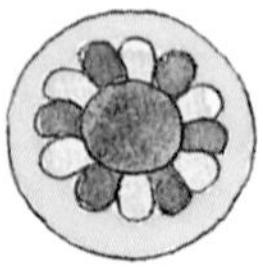

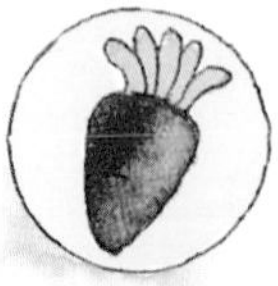
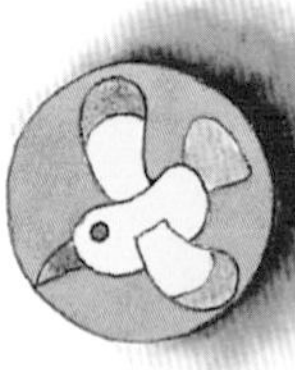

下雨了

下雨了！
我躲在屋子裡
不會淋到雨
屋子要躲到哪裡去
才不會淋到雨？
花要躲到哪裡去
才不會淋到雨？

下雨了！
山要躲到哪裡去
才不會淋到雨？

「愛」要一層一層擴大。
我們可以躲在屋子裡躲雨，
屋子，我們依賴它避雨，
但是，它又要到哪裡躲雨？
這就是愛、關懷的擴大。
甚至於還要為更大的「自然」（譬如山）著想。

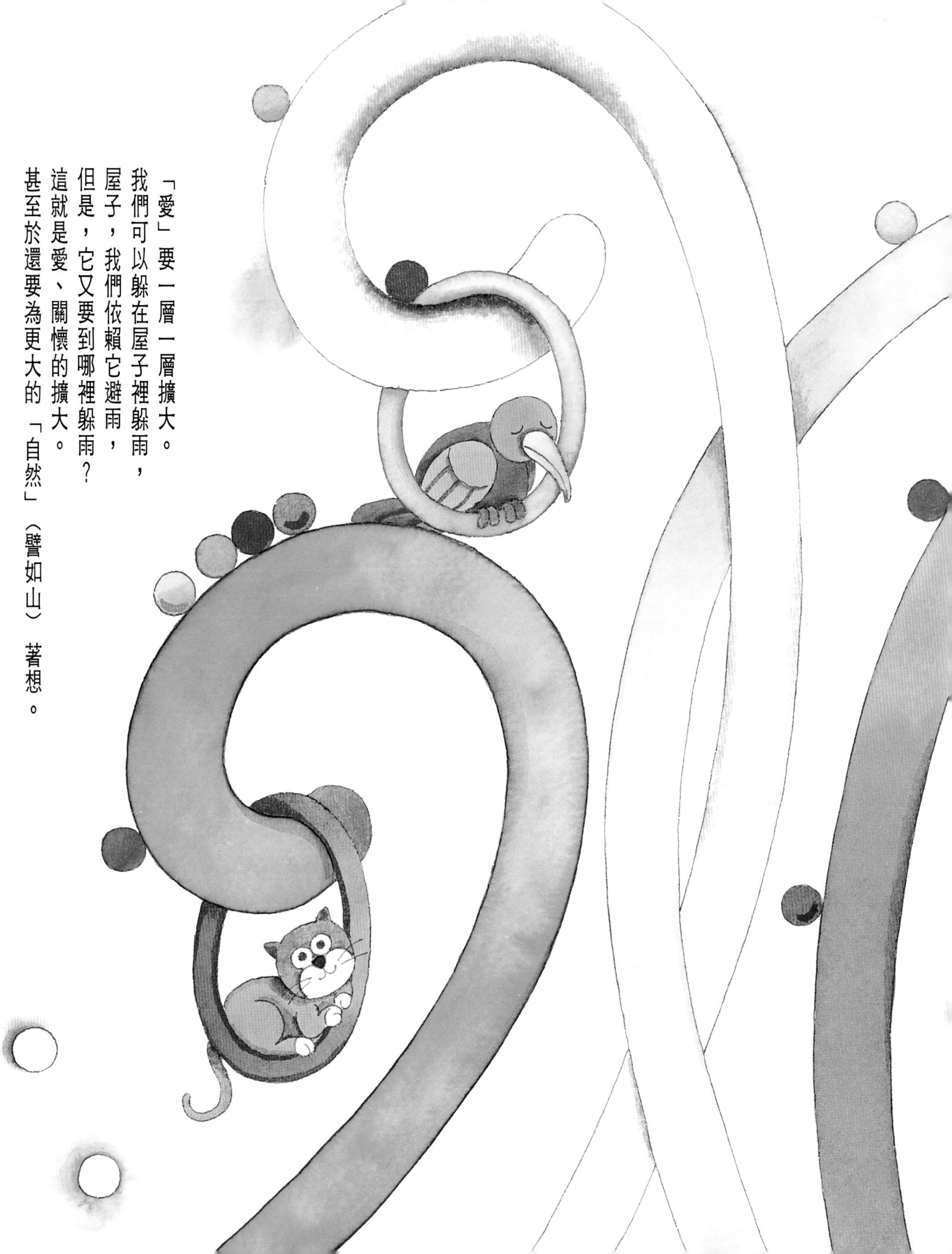

星期天

早上八點
哥哥和同學去郊遊
我要跟著去
媽媽說：你還小

上午十點
同學約我去騎車子
我說好
媽媽說：你還小

下午兩點
我自己倒汽水喝
打破玻璃杯
媽媽說：這麼大了還不小心
媽媽啊
我怎麼一天就長大了！

童詩，要有童心、童趣。
小孩子對大人的語言往往充滿疑惑，
為什麼早上說你還小，
下午卻責罵你這麼大了還不小心？
因此，小孩子的反問就產生了童趣，
也值得大人沉思。

媽媽和我

如果沒有大地
花和樹要長在哪裡？
如果沒有天空
鳥和雲要在哪裡遊戲？
沒有媽媽
我能在哪裡哭泣？

如果沒有樹和花
大地多孤單！
如果沒有魚和蝦
海洋多寂寞！
沒有我
媽媽不會有笑容！

媽媽和孩子之間的關係是世界上最親密的關係，就像大地可以生長花和樹，天空可以任鳥和雲飛翔，這是母親對孩子的愛。反過來說，孩子也是媽媽心中的一塊寶，就像海洋不能沒有魚和蝦。寫詩就要以這種意象去表達「愛」。

汪汪小白

高興的時候
叫你：小小白
快過來
多麼輕快！

生氣的時候
喊你：小——白
過——來
自己聽了也難受

不管我怎麼輕聲叫
大聲喊
你只是：汪，汪
汪汪汪
到底是高興
還是不愉快？

人的情緒會有起伏變化，
動物會嗎？
當我們的情緒起伏變化時，
可不可以因為自己的情緒變化而影響別人？
人與人、人與動物的關係，其實是相近的，
常做這種思考，
使人與人、人與動物的關係更和諧。

白雲在想什麼？

媽媽出門了
我趴在窗口想媽媽
這時，白雲趴在山頭
她在想什麼？

從「人情」推廣到「物情」，
從動作的相似（趴）探求內心
是否也有可以相通的地方，
情景交融在一起，
物我交融在一起，
萬物也都有了一份人間的愛。

照相

三、二、一
每次照相
爸爸都要大家一起喊
三、二、一
留下一張臉笑嘻嘻

每次
雲也會趕快飄進照片裡
跟大家一起喊
三、二、一

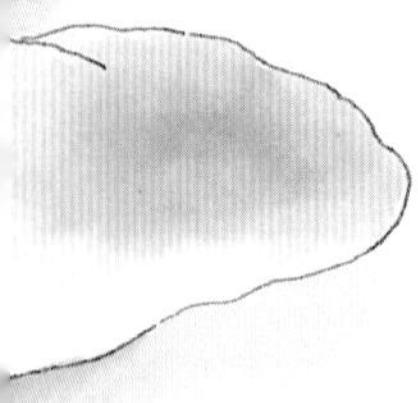

照相時喊「三、二、一」，
或者「A、B、C」，
都是為了留下一張快樂的臉。
但是，遠方的雲、天上的雲，
卻又不知道為什麼就飄了進來，
這時，「天人合一」，
人笑，雲也笑，多美！

鹹

爸爸說：今天的菜好鹹喔！
媽媽說：鹽巴便宜了呀！
哥哥說：咦！海水也好鹹
那是誰放的鹽呢？

爸爸的批評，媽媽用幽默的語句回應，
這是很高明的方法。
哥哥卻又突發奇想，
將大自然與人間情相結合。
寫詩要體會這種「溢開」的感覺，
不能一直在生活小事上迴繞。

海水

海水那麼鹹
是不是魚游太快
流了好多汗
海水才那麼鹹？

或者是
魚流了好多淚
哭了好多年
海水才那麼鹹？

想像可以海闊天空，
隨著想像發展出另一片新天地。
海水的「鹹」是大自然的事實，
但在詩人的想像中，
它可能是汗水，
也可以是淚水啊！
汗水是為「人生」而藝術，
淚水是為「藝術」而藝術啊！

魔術

黑雲飛個不停
下雨了
一塊黑雲變成白雲片片

大雨下個不停
太陽出來了
千萬條雨水變成一條河水

流水流個不停
風吹起來了
地上的流水變成天上的流雲

白雲飄個不停
黃昏來了
片片白雲變成滿天彩霞

大自然值得仔細觀察，
尤其是自然中細微的變化，
往往像是萬能的上帝在變魔術。
詩與大自然的情趣
就在這細微的變化中。

紅花與黑夜

紅花開了
我以為
花會一直紅
一直漂漂亮亮
紅花卻謝了

黑夜來了
我以為
夜會一直黑漆漆
一直繞在身邊
黑夜卻走了

紅與黑是顏色的對比；
花開、花謝，白日、黑夜，
是大自然的輪迴；
因此，來去、生死的觀念
是人世間的自然現象。
小小的詩，可以思考，
可以體會，可以領悟。

爺爺

真好玩
爺爺有鬍子
我沒有鬍子

真好笑
爺爺的兒子是我爸爸
我的兒子卻不是爺爺的爸爸

真奇怪
爺爺的頭髮是白的
我的頭髮卻是黑的

真奇妙
爺爺那麼老，愛我這麼小
我這麼小，也愛爺爺那麼老

人情、倫理是我們生活的重心，祖孫相處的有趣畫面是家庭快樂的源泉，以簡單的對比帶出孩子的童心，家庭的和樂，正是這首詩的著眼點。

都紅了

姐姐在塗口紅
塗一塗
嘴唇就紅了

爸爸在喝酒
喝一喝
臉就紅了

風在搖樹木
搖一搖
葉子就紅了

雲在追太陽
追一追
天就紅了
紅了紅了
都紅了

從許多不同的事物中找到
共同的那一點，
是一件有趣的事，
姐姐的紅唇、爸爸的紅臉、
秋天的紅葉、西天的紅霞，
都很紅、很美，
還有什麼事物可以找到
共同的美、共同的善？

寫詩的人

蕭蕭

蕭蕭，有一個比較鄉土的本名，叫：蕭水順，彰化人，喜歡八卦山，也喜歡陽明山。師範大學國文研究所碩士，一輩子都在學校度過，當了二十六年教師，退休了，又被聘請去當老師。

血型：A型，多情、深情，但不悲情。

星座：獅子座，具有威儀，但沒有威權心態；具有領導能力，但缺少領導欲望。

喜歡詩，也喜歡別人喜歡詩，所以，寫詩，寫詩評，也寫詩的賞析、導讀，編撰詩選，推廣詩教。

畫畫的人

施政廷

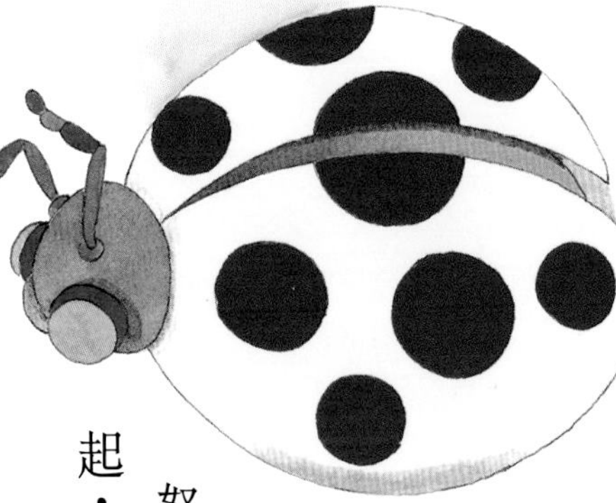

施政廷，一九六〇年生，高雄縣橋頭鄉人。現在和太太、兩個小孩住在離石門水庫不遠的黃泥塘。

曾經擔任出版社的美術編輯工作，後來決定回家「吃自己」，每天畫插畫、做圖畫書，努力地賺錢養家活口。家庭和工作全部混在一起，一家四口整天吵吵鬧鬧，好不快活。

自己創作的圖畫書有：《下雨了》、《我的爸爸不上班》、《小不點》、《不會不方便》、《旅行》、《探險》、《家住糖廠》等書。

童年是～～

童年是
終日無所事事
不知哼什麼那樣哼不知唱什麼那樣唱
自自在在一步一步踏出來的滿心的快樂

童年是
無所事事
躺在野花紅似火的山坡上看藍天裡白雲追趕著白雲或
躺在晒穀場上夜的大傘下數一夜也數不完的星星

（圖、文選自葉維廉著、
陳璐茜繪之《樹媽媽》）

彩色的夢

兒童文學叢書

・童話小天地・